MW01015714

海燕出版社

棒棒仔
品格养成图画书
心理自助读物

安的种子

王早早 著
黄 丽 绘

老师父分给本、静、安每人一颗古老的莲花种子。

“这是几千年前的莲花种子，
非常珍贵，你们去把它种出来吧。”

拿到种子后……

我要第一个种出来！本想。

怎样才能种出来呢？静想。

我有一颗种子了。安想。

本跑去寻找锄头。
静想要挑出最好的花盆。

安把种子装进小布袋里，挂在自己胸前。

本把种子埋在雪地里。

静去查找种植莲花的书籍。

安去集市为寺院买东西。

等了很久，本的种子也没有发芽。

等不到种子发芽的本愤努地刨开了土地，摔断了锄头，不再干了。

雪下大了，我先去把庙门外的雪扫一下吧。安想。

我一定会种出千年莲花的。静想。

静将选好的金花盆搬来，放在最温暖的房间里。

安接着清扫寺院中的积雪。

静用了最名贵的药水和花土，小心地种下了种子。

安和以前一样做着斋饭。

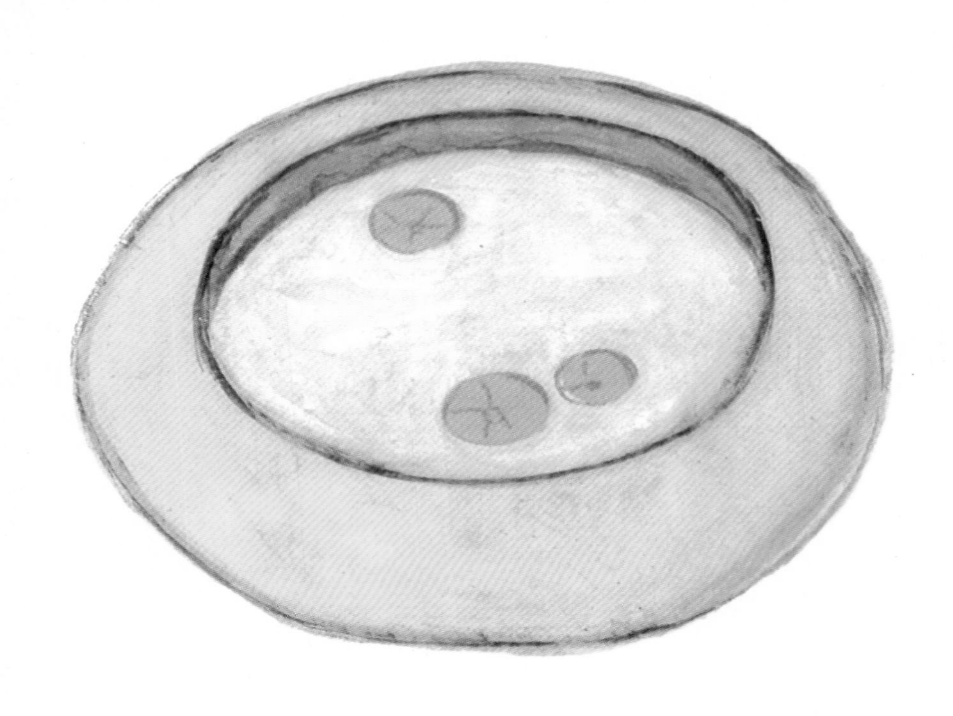

静的种子发芽了。静把它当成宝贝，用金罩子罩住。

清晨，安又早早地去挑水了。

静的小幼芽因为得不到阳光和氧气，没过几天就枯死了。

晚课后，安像往常一样去散步。

春天来了，在池塘的一角，安种下了种子。

不久，种子发芽了。安欣喜地看着眼前的绿叶。

盛夏的清晨，在温暖的阳光下，古老的千年莲花轻轻地盛开了。

选题策划：郑　颖　　装帧设计：关　叶　　责任发行：卢曙光　　责任校对：王　森
责任编辑：郑　颖　　责任印制：邢宏洲　　　　　　　贾伍民　　封面题字：何昊晨

安的种子

王早早　著　　黄　丽　绘
出版发行：海燕出版社
（郑州市北林路16号　0371-65734522）
经　　销：各地新华书店
印　　刷：恒美印务(广州)有限公司
开　　本：890毫米×1240毫米　20开
印　　张：1.6印张
字　　数：30千字
版　　次：2012年10月第2版
印　　次：2014年4月第10次印刷
书　　号：ISBN 978-7-5350-3920-0
定　　价：18.00元